새들 반점

정 훈

새들반점

초판 1쇄 2022년 5월 10일
2쇄 2022년 6월 10일

글	정훈
펴낸이	임규찬
펴낸곳	함향 출판등록 제2018-000007호
주소	부산광역시 동래구 명륜로69 상가동 1001호
E-mail	phil8741@naver.com
블로그	blog.naver.com/phil8741
편집디자인	씨에스디자인
인쇄	인쇄출판 유신

도서출판 함향은 함께 향유합니다.

차례는 마지막 쪽에 있습니다. 책의 실용성을 강화했습니다.

1부

사랑의 미메시스 영주동

밤하늘엔 등대가 흔들렸습니다
나란히 걷는 골목에 스쳤던 생채기가 우리를 흘낏 보았
구요

나는 우산을 찾아서

그대는 집을 찾아서

서로를 보듬고 왔지요

더러 그런 날이 기다리고 있지요

하늘을 생각하지 않았어요

땅을 내려다보며 옥상에서 중얼거렸죠

우린 어렸으니까요

세상은 바다였으니까요

속으로 파고드는 밀물을 모른 체 했지요

마냥 울음이라고만 믿었지요

그래서 입을 다물고만 있었겠지요

마을의 개들이 간혹 서로가 감응을 해요

하나가 울면

다른 하나가 땅이 꺼져라 짖어요

우리도 함께 울었고 함께 짖었죠

우리는 결속했고 다짐처럼 각자 헤엄을 쳤습니다

그리고 날개를 달아줬습니다

사랑은 때때로 우짖는 방향으로만 기운다는 사실을

깨닫습니다

중구청메리놀병원 버스정류장

새들은 바람이 지나간 자리에만 부리를 뉘었다

그러고 보니 생각난다

딸기슈퍼 사장인 건장한 아저씨는 손님이 없어도 야구를
봤고 손님이 와도 야구 이야기만 했다는 사실을

그의 어깨가 산등성이 빛이었다는 기억 또한 덩달아
떠오른다

슈퍼는 문을 닫았다

나는 그 앞을 지나면 기력이 다한 거북 하나 퀭한 눈을
들어 하늘을 우러르는 상상을 하곤 했다

뺃고 마시면서 시간의 꽁지가 신음하는 우울을 한껏
보듬는 이미지를 그리기도 했다

떠밀리면서 가까스로 끌고 가는 것들이 한 무더기로
쏟아진다

바람으로만 제 피를 말리는 새들이 슬금슬금 흩어진다

기별奇別하는 밤의 들목에서 뒤돌아본다

오전 집을 나서며 본 다리를 절었던 한 남자를 오후에 다시 보았다. 바뀐 건 왼손에 까만 비닐봉지를 들고 있었다는 것 뿐, 운동화를 신고 낡은 반팔 셔츠를 아무렇게나 내팽개치듯, 중력의 권위에 삼가 맡기겠다는 심산인양 멋대로 펄럭이게 내버려두는 소심한 야성의 동작이 내 흐린 눈동자에 꽂혔다.

나서면서는 뒷덜미에 어렸던 심란한 그늘이, 어찌되었건 날 저물어 보금자리로 돌아올 때는 의기양양한 어깨에 드리운 소심한 행복이 남자가 천지와 함께 운행한다는 증거일터다.

그리고 어떤 날은 공복처럼 맑았다가 시꺼메지기도 한다. 남자는 행복하다 믿지만 더러 헛딛는 신발의 방향을 어쩔 수 없었다. 왼쪽 어깨가 가끔 기울었으므로, 기운 채로 기우뚱한 생의 무늬를 긁고 싶었으므로, 멈칫거려 뒤돌아보다 얼른 고개를 돌려 절뚝거려야 하므로, 그런 밤이 오기도 하는 것인데, 남자가 쥔 봉지가 중력의 권위에 삼가 떨어져 뒹굴고 싶은 그런 날에는 검은 낮이 벌써 마중을 나오기도 했다.

비 오는 날의 행간^{行間}

영주시장 손칼국숫집,

ㄴ자형으로 둘러 앉아 수다를 떨며 칼국수를 먹고 있는

여자들 한복판의 꼭짓점, 그 축축한 자궁 언저리에서 나는

해방을 맞이한 선원처럼 면발을 빨아들인다

언제 어느 곳이라도 떠날 수 있도록 어깻죽지 속에 숨긴

파리한 반항과 자유의 날개, 하지만 오늘처럼 비가 내리는

날이면 순해진 짐승이라도 된 양 주저앉아 이웃들의

자질구레한 서사를 대꾸 없이 듣고만 싶을 뿐이다

그러면 내 눅눅한 이력들이 4월의 바람에 실려 항구 저편

으로 흘러다닐 것이고, 먼 희망처럼 떠난 줄로만 알았던

소식 하나쯤 빗줄기 타고 목언저리 차갑게 쓰다듬을

즈음엔 젖어온다 사람아, 사이사이로 돌아나가는 넋의

입술이 보이지 않느냐

떡

낭만이여 서정이여, 이 말은 광복로 입구 일본서적 전문 책방 창에 자신의 시집 표지를 보란듯이 붙인 어느 시인이 버스를 타고 가다 내리면서 변사처럼 내뱉은 말입니다. 나는 낭만가객도 아니고 서정의 끝물조차도 핥아보지 못한 꼬랑지 한량이지만, 그 말을 듣고는 왠지 상념이 밀려왔습니다.

돌아가겠다, 돌아가겠다 맘먹으면서도 어느 날엔가는 철퍼덕 바닥에 주저앉고만 싶은 때가 있지요. 바람이 골목을 휘돌며 빠져나오는 소리가 바람 빠진 풍선처럼 피식 귓가를 애무하는 날이기도 하구요, 그런 날에는 왠일인지 하늘이 참 맑기도 하여이다.

나는 오늘 광복로를 지나 백산기념관을 지나 중앙동 마로니에 그늘 아래서 담배를 물었습니다. 잠깐 발을 잘못 디뎌 나자빠질 뻔도 했구요. 물장군을 어깨에 진 소녀와, 그 소녀의 남동생이 얼어붙은 자리에 저도 그만 꽁꽁 얼어붙고만 싶은, 왜 그런 막막한 날들이 더러 있지 않겠습니까. 지나는 사람들의 낯빛이 어둑어둑해지면 돌아갈 시각을 놓쳤다는 신호로 여겨도 무방하겠습니다. 대체로 하늘을 우러를 때, 새까만 빛들이 눈가를 가로지르기도 합디다.

일식 日飾

빈대떡집 한구석 막걸리 사발 모셔다놓고 벙어리 세 사람 요란한 손짓을 나눈다 필시 논쟁을 하는 듯한 표정들인데 소리만 안 나올 뿐, 고성이 오갔을 아저씨 둘에 아줌마 하나

무엇을 걷어내야 너의 진실을 볼 수가 있을까, 발설의 욕구가 불러온 크나큰 고요, 침범하지 않아야 다다를 수 있는 문턱을 가만히 더듬으면, 이제 다시 돌아갈 수 없는 달콤한 늪조차 그리워지겠다

말없이 너를 갉아먹은 상처 입은 진실을 위해 별들은 자리를 마련한다

가는 날

늦잠 자고 일어나 창을 본다
뿌옇다 인제 떠나야 한다
무릎을 딛고 몇 발짝 움직여 세면대 앞 거울을 보면서
양치질을 하고
수제비처럼 일그러진 비누로

머리카락과 면을 애무하고

옷을 입고

커피를

내리고(아이다 맥심을 붓고 물 끓여 컵에 따른다)

담배를 피우고

배낭 속을 점검하는 날

왜 나는 꼼지락거리는가

반경 1킬로미터에 프랜차이즈 커피숍만 서른 몇 개

달콤한 졸음 몇 천원에

몸뚱이 얹힐 장소들이 손짓하는데

심약하게 대문을 닫으며

내딛는 발걸음을 유심히 내려다본다

가는 날 뿌옇다

대청동 지나 평화방송 지나

재잘거리는 아이들의 웃음

이 정선아리랑 구슬픈

굴러가는 굴렁쇠 소리

이명이 되어 시간을 되감는다

가는 날 날아가는 날

대청로 억수로 맑은 날에는

연산동

마음이 스산해서 늘 연산동에 가 있다. 오라지도 않았는데 불쑥 다가왔던 배산盃山 앞, 웅웅거리던 상념들을 말끔히 쓸어버리곤 하는 남동풍에 몸을 맡기고 걸었다. 오라지도 않았는데 불쑥 내가 다가갔다. 그때 여자는 밀물처럼 나를 적셨다. 배산, 저 새침한 등허리에 몸뚱이를 비비고 싶었다. 배산, 시인이 슈퍼 평상에 낮은 포복 자세로 소주, 글씨를 새기던 동네를 지나 칼바람 마주하며 뒷걸음질 연습을 했던 놀이터를 건너, 배산, 너와 그와 당신들 몇이서 하나씩 빼먹는 파란구름이 오라지도 않았는데 나를 빼먹곤 하는 길 위에 자빠지면, 배산, 차츰 야위어만 간다. 강물아, 이제는 흐르고 있나, 쓰디 쓴 바람아, 시인 곁에서 흐느끼는 모음처럼 오늘도 어제도 나는 떨었다.

새들반점

아흔도 거뜬히 넘긴 듯한 노파가 반쯤 접힌 몸을 지팡이에 의지한 채 들어와서는 짜장면을 시킨다
새들처럼 지아비 날려 보내고 자식들마저 둥지를 떠났겠지
숙취에 겨워 종일 누워 있다 허기를 달래려 찾아 든 새들반점, 나는 중력에 못이겨 시름하며 가까스로 짬뽕을 넘기지만
노파, 마치 세상을 굽어보듯 팔꿈치 가지런히 올리고선 끼니를 건겨 올리신다
노파와 나는 똑같은 의식을 벌이지만 대체 왜 내 몸은 가라앉고 노파는 홀가분해지는 것만 같으냐
새들처럼 날아가지도 못하면서 어찌 나는 기어이 숨어 들려고만 하는가

필리오케 3 엔제리너스 보수점

엔제리너스 보수점 흡연실은 0.5평짜리에 의자가 두 개 놓여 있다. 창을 면한 공간에서 두 사람이 보험을 들건지 말건지 숙의 중이지만, 그 공간의 창을 밖으로 면한 국제시장 네거리에서는 이제 막 시위가 끝난 듯 참꽃 개나리 등속의 봄 이파리들이 땅바닥에 눌러 붙어 시나브로 숨을 죽이고 있다.

고요해져만 가기에, 소란이 끝났다고 생각하는 순간이 절체절명의 위기란 걸 아는지 음악은 다음 악장을 조금씩 지연시킨다. 소리를 불러오는 고요가 잔인한 법이다

행복

원고를 넘기고
오래 묵힌, 묵묵히 기다려준 또 다른 착한 원고의 시편
들을 꺼내어 읽는다

오늘 하루도 참으로 잘 익었다
시고詩稿 밑에 노트 한 권, 그리고 볼펜 한 자루의 정물靜物
을 유심히 바라본다

처녀의 입술을 범하듯, 얇은 숨을 나직이 내쉰 뒤
펜을 들어 글자들의 넋을 빨아들인 다음 글 이마에
화인火印을 찍는다

참 잘 익은 놀빛 언어, 라 꾹꾹 찍어서 마침내 펼치게 될
생각의 파노라마를, 그 사이사이의 고통과 절망의 법규를
나는 사랑한다

11월

보험 다니는 고등학교 친구를 이십 몇 년 만에 만나 술 먹고 노래방 가서 불러 젖히고 돌아온 집 들목, 북진하는 단풍이 보인다 어인 물감이냐

차창 위 층층 너의 바지 아랫단에 얌전히 눌린 꽃잎이, 혹시 간밤 빗물에 총총 뛰놀다 떨어진 참으로 참했던 침묵이냐

빗물은 하늘을 내려빗기는 반가운 손님이란 걸 아니 잊었더냐

나는 살아계시는가

다방 앞 화단에 진달랜지 철쭉인지가 살랑거리며 바람에
전생을 맡기고 있다

바로 옆 기울어진 자전거 바퀴에 개미들이 무리지어
행렬을 이룬다

늘 나란했던 상점이며 숙박업소며 주점들이 여전히
어깨를 서로서로 기대고 있다

그러면 나는 무언가
살아있는, 살아계시는 나는,
여전히 살아계시는 물체들과 생명들에 잇대어 이들을
논평하고 계시는 나는 살아계시는가, 살아있는가

비가 남포동 선창가에 찾아와선

사내들이 흘리고 간 눈물을 길고양이 한 마리가 응시
하는 밤이 있다

항용 전설로만 밤을 지새워야 하는 날이 있듯이, 때때로
숨이 멎고서야 움트는 역사가 있다

그런 날이다

우리는 비린내를 흠뻑 뒤집어 쓰고서야 돌아갈 집을
기억해낸다

아직 씻겨 내리지 않은 고름들을 생선 창자처럼 저 태평양
으로 흘려보내고 싶지만, 비는 영문도 모른 채 내 등
뒤로만 몰아치는 날이 있다

화사한 웃음과 발걸음이 증발되고 남은 자리에 오래 전
떠났던 사내들이 흐느끼며 정렬해서는 꾹꾹 찾아오는
날이 있다

사랑의 미메시스 너의 뒷모습

몸을 흔들며 폐지 꾸러미를 끌고 가는 할아버지 옆 나란히 묵념하는 풀들을 본다 너무 빨리 꺾였기에 고개 들 일들만 남은 생의 입술들, 그 입구에서 물음표 하나 나왔으나 낚시 바늘처럼 자꾸 켕기어 뒤돌아본다 네가 지나온 자리마다 온통 헛그물이다

계림 영역

오후 6시 성당 종소리가 울면 북면막걸리 꺽꺽 넘기며
되받아친다.
이만치 거룩한 삼종기도가 또 있으랴.
성聖은 속俗을 위한 것,
그리고 속됨은 영원에 낀 술지게미 같은 것,
이쪽과 저쪽
아니 저쪽과 이쪽의 경계가 일순 문드러진다.

우리는 모두 나뭇가지에 흔들리는 잎새들처럼
선창과 후창을 되풀이하며 고개 주억거리는 어린 양이
기에,
들어갈 때는 의연했으나
나오기는 주저함으로
하릴없이 용두산을 눈대중으로 그려보는 것이리라.
푸르게 익어가는 여름밤의 소식도 그래서 기약이 가물
거린다.
다만 떠나가는 사람의 사연과
기웃거리며 날아든 한객이 몰고 온
갯바람이 엉기어 또 다시 창조하는 위대한 야화夜話.

부산명태찌짐집

부평시장 들목에 자리 잡은 부산명태찌짐집에 쳐들어가 다짜고짜 명태포와 소주를 시키고 보니, 어딘가 조금 모자라 보였던 직원 아줌마가 보이지 않아서 사정이 생겨 그만뒀나, 생각했다

계산이 서투르고 굼떠서 사장님께 늘 주의를 받았던 사람이다

그런데 가만히 보니 구석에서 마스크를 쓴 채 까만 눈만 내놓고 굼실굼실 설거지를 한다

세상은 흐리지만 정직은 관통하는 구석이 있다

꽃보다

사람은 자신을 숨기고 싶을 때 꽃을 말한다
꽃이 핑계다
지천에 꽃이 필 때 무더기로 숨는 것들이 있다
까닭 없이 너를 미워했던 일
까닭 없이 너를 음해했던 일
그리고 까닭 없이 자신을 더럽혔던 일들이 꽃 이파리
속에 모조리 숨는다
그러므로 꽃이란 속절없이 드러날 너의 감쪽같은 알리
바이, 곧이어 그것이 진 자리 자리마다 곪은 얼굴들이
뒹굴 것이다
꽃을 말하지 마라
꽃조차 꽃을 생각하지 않는다
꽃은 생각 없는 과객이다

동광동멸치쌈밥집

백산기념관 맞은편 멸치쌈밥집에 들어가면 이상개 시인의
시 '멸치쌈밥집'이 마치 사업등록증처럼 붙박혀 있음을
보게 된다 괴정 순덕이네 시락국집엘 들어가면 류명선
시인의 '순덕이네 시락국'이 출입허가증처럼 벽의 전면을
장식한 것과 마찬가지의 원리다 말인즉, 우유부단학파의
거두로 시단을 풍미했던 송제 선생이 드시고 그 맛을 인정
했음을 만천하에 알린 증표가 '멸치쌈밥집'이 아니겠으며,
또한 투박하면서도 질긴 심지의 류명선 시인이 '순덕이
네 시락국'을 씀으로써 맘 놓고 출입할 수 있는 자격을
부여받는 셈인 것이다

무던히도 들락거렸다 멸치쌈밥집
오늘 나는 늦은 점심을, 푹 삶아졌으나 형체 그대로인
멸치를 쌈에 밥과 된장을 얹어 해결했다
이만하면 됐다, 시달리면서도 꺾여 피 흘리면서도 본체
망각하지 않고 꼿꼿하기만 하면 되었다

너는 모른다

발을 딛다 오른쪽 엄지발가락 살집을 할퀴는 상처를
신발은 모른다
상점 입간판 모서리에 빠져나온 양철의 표정을 찬 공기는
알 리 없다
술 먹다 쓰러진 윗옷 주머니에서 흘린 하루의 굴욕을
콘크리트는 알 턱이 없다

너는 모른다
달려가 안기고 싶어 했던 곳이 따뜻한 골목집 부뚜막
같은 너의 온기였음을, 그래서 드러누워 도란도란 숨을
넘기며 토하고 싶어 했던 자리가 너의 깊은 자궁자리였
음을,
사람들이 거리를 쓸고 꽃밭을 가다듬을 때
문을 여닫으며 안부를 전할 때
약국이며 가게며 확성기며 청소부 옷차림의 수줍음이며
그늘진 골목길에 흩날리는 가랑잎들이 소근소근 웃음을
전하는 때조차 아무도
너는 모른다, 아무 것도 모른다

보수동 달팽이

먹구름이 끼면 사람들이 모여 든다
머리에 책 한 다라이 이고 도랑 따라 흘러 들어온다
어떤 이가 담벼락에 앉아 쉬어가면 너도나도 질세라
따라 주저앉는다
그늘이 참 좋아 하품하는 치들
서늘한 바닥에 입을 대고 졸음 고개 기대어 접면하는 치들
발바닥 꼼지락거리며 먼 수평선 그렁그렁 바라보는
치들이 다정한 오후 한때
걸어도 걸어도 마냥 한구석이다
영도 뱃고동 소리가 울라 치면 다시 엉금엉금 고개를
넘는다

새들반점

2부

덕천 德川

성지곡을 돌아 산성 쪽으로 발길만 믿으며 하늘 벗 삼아
고개를 넘었더니 웬걸 덕천이다 만덕 아래 덕천, 쇄기풀이
다리를 건들건들 건드리니 생각났다 그 생각이 무언고
하니 그냥 생각이다 졸졸 구르며 굴러가서 뒤로 고개를
돌려보는 생각,

진득진득 연기를 내뿜는 광덕물산 밤안개 모로만 쏠리던
상념으로 집 한 채 지었던 날들이 이제는 가고 없다
덕천은 석탄 위 개울, 개울 아래 빨랫감이 고깔 쓰고
활짝 우는 곳
밤길 헤매다 안개 끈적끈적한 냇물에 걸터앉아 들려오는
소리가 바로 당신을 부르는 신호다, 덕천

갈대

앞장서며 말하는 지인의 뒤통수를 보며 나란히 서로 순하게 끄덕거린다. 그러다 얼굴 마주보고 얘기를 나눌 때면 동공 속 그늘이 흔들리는 걸 보게 된다. 나는 지금 기웃거리며 살피는 인간의 연약함을 말한다. 괴정 동산 요양병원, 오후 네 시 무렵의 그늘에는 흔들림이 있다.

숙등역

만덕고개 헐레벌떡 숨 고르다 지나쳤다. 있으면서도 없는 곳, 안개가 사람들만 잡아먹곤 한다는 굴다리 주위에는 흘러 고인 시간이 윤슬 되어 역류의 방식으로만 합류했다지. 나 한 번도 그곳이 있었으리라곤 생각 못했네. 만덕 지나 덕천 구포로만 고여 들었을 뿐, 어느 한갓진 뒷골목 밤길을 걷는 내 손을 꼭 잡은 어머니 신발 뒤축의 경사가 서녘으로 기울어 붉게 문드러지던 8월의 오후.

"인자 쫌만 걸으면 우리집잉께, 쩌그 식당에 들러 칼국수나 먹고 가자."며 철퍼덕 주저앉아 낙동강 놀을 더듬던 눈길이 정물처럼 붙박힌 미궁 속에서 나 한때 머무른다네, 숙등의 지도는 안개만이 앞장서는 날이 잦았고, 때로는 갈퀴처럼 덜미를 쓰다듬는다네.

낙지를 먹으며

온몸이 난자당해 꿈틀거리는 낙지를 소금장에 찍어
먹으며 생각한다.

생^生은 얼마나 난자당한 피의 형상으로 몸부림을 쳐야만
고요에 들 수가 있는가.

귀 막음이나 입막음으로도 아랑곳 않고 파고드는 너희
들의 수다를 견딜 수 없을 땐 그냥 납작 엎드려 뻘밭의
자장가를 기억해내겠다.

스그지니, 스그지니, 그것은 땅과 바다가 혼융하면서
밀쳐내는 숨소리요 기적이다.

또한 차비가 없다며 낯선 아무에게나 천 원을 구걸하는
노파의 굽은 등, 그 중심에서 비집고 일어서려는 생명의
신비였을 수도.

잇몸 사이로 비집고 들어오려는 삶의 꿈무늬를 무참히
짓이길 땐, 끝내 밑바닥에서 뿜어 올리는 태초의 암호를
풀 길 영영 없겠다는 생각을.

나사와 자유

나사를 돌리는 사람의 목표는 단 하나다. 단단히 맞물리게 하는 것, 이게 여의치 않다면 낭패감을 어찌할 수 없겠다.

그러나 나는 이렇게 말한다. 왜 나사를 끼워 아귀를 꽉 맞춰야만 하냐고. 때론 물리고 당겨서 서로 자유로울 수만 있다면야 상관없지만, 맞물려서 빽빽해지면 차라리 끼워 맞추지나 말았으면.

책갈피를 넘기고 글자를 보고 펜을 그리고 커피를 마시고 생각에 잠겼던 오늘, 옛 학생한테서 너무 힘들단 전갈을 받았다. 그럼 잠시 쉬었다 앞날을 도모하렴, 이렇게 말해줄 수밖에 없는 나를 곰곰이 생각하다 담배를 피우다 앞서 걷는 여자 엉덩이를 흘겨보다 코모도호텔의 불 꺼진 창들을 헤아리다,

경기京畿 지역에서 일부러 내가 보고 싶어 내려왔다던 여자와 초량갈비를 뜯고 마시다 논쟁하다 배웅하고, 버스를 타면서 본 차창에 흐르는 불빛들의 은하수는 대체 어디로 향하는지,

군중들은 군중들이기에, 고민들은 고민들이기에, 하지만 물음들은 활처럼 내리꽂히는 착한 방종들이기에, 나사는 나사끼리, 나그네의 눈빛은 밤거리의 눈빛끼리, 끼리끼리 끼리끼리, 아니 그러면서도 그건 아니야 외칠 수 있는 전사들처럼, 터벅터벅 길을 이끄는 밤하늘의 지도처럼 나는 자유를 믿는다지.

바닥

결별하고 홀로 된 작은누나한테서 문자가 왔다, 이만 원
만 빌리도, 그때 난 발바닥에 난 굳은살을 뜯고 있었다
뚝뚝, 아무렇게나 흩어진 살점들을 한데 모으다 꾹꾹,
달팽이관을 압착하는 듯 이명耳鳴이 고요했다
모든 공기가 골몰하는 때가 간혹 있다
그것은 아주 먼 나라에서 찾아든 기별처럼 때때로 등짝을
쓸어내리는 일이므로, 새삼스럽게 바닥 훔치는 시늉만
할 뿐

느낌

눈동자가 천 개인 포장마차 사장님은 기쁠 때면 조폭 두목 뺨치게 웃어요 슬프거나 야속할 때면 눈동자 하늘을 잠시 훔치며 입꼬리가 스러져요 흐린 날이면 도마 위 채소들은 각오를 이미 한 듯 숨죽여 늘어져 있구요 깨끗한 날이면 생선안주에 곁들이는 주전부리가 따라 나와요 공기가 꾀죄죄한 저녁 웬 중늙은이가 아무 말 없이 손 내밀며 돈 달라 흰소리를 하지 않겠어요 아주머니 입 꼬리가 잠시 스러다 하늘을 보았겠지요 슥슥슥슥 날렵한 칼질에 난사당한 양파 한 이파리 제 앞에 떨어졌 어요

이 맵싸한 느낌은 무엇이지요 나는 콜록콜록 거리며 사경을 헤맸던 것인데요, 아니 아주머니 웃음소리가 벼락 치듯 내 머리를 때리지 않겠어요 참 요것 봐라, 네 이놈 천하의 불한당 같으니라구, 호통 치는 소리가 내 명치끝부터 울리지 않겠어요

배추꽃

온통 시퍼렇던 기억 속에는 먼지 날리는 비포장도로와, 학교 마치고 집에 가기 전 도로 옆 뿌연 비닐로 입구를 가린 풀빵 집에 사먹을 생각도 없이 아주머니 옆에 물끄러미 앉아 빵 굽는 모양만 신기한 듯 바라만 보았을 때인데요

어느 날 아주머니가 나더러 갑자기 보고 싶냐고, 울긋불긋한 일바지를 홀딱 까뒤집으며, 자 잘봐라, 그러셨는데요

풀빵이 노릇노릇 굽히며 번지는 냄새와, 시큰하면서도 달짝지근한 아주머니의 아랫도리를 맡으며 일순 아뜩해질 무렵 나를 부르는 어머니 소리가 꿈결처럼 들렸습니다

흐린 비닐로 감싼 풀빵 굽는 가게 바로 옆 텃밭엔 배추꽃 두 송이 시린 듯 서로를 기대며 속으로만 파고 들었습니다

어머니 발톱

난생 처음 손톱깎이로 어머니 발톱을 깎아드리자 마음 먹었을 땐, 아뿔싸 중환자실로 실려가기 며칠 전이었더랬습니다

왜 내가 어머니 피부를 그리워했을까요, 지금 생각해 봐도 도무지 알 도리 없습니다만 어렴풋이 떠오르는 그림이 있습니다

한여름 손바닥만한 집에 끈적하게 들러붙는 벌레들이 미워 에프킬라를 잔뜩 뿌렸을 때, 어머니가 콜록콜록거리면서 내게 말했지요.

넌 그만 입 다물고 있어랑께 꽃 물고 날아가는 저 나비들이 얼마나 고우냐, 그라니 고운 날 밖에 나가 니랑 니 에비랑 고향 가서 산소도 뵙고 또랑에 물고기도 잡고 저녁 찬거리도 뽑아 맛있게 먹자, 잉??

어머니 발톱에 느닷없이 성에가 뿌리를 뒤덮었다는 사실을 그때서야 알았습니다. 어머니 맘 밑동엔 언제나 뿌리가 있었습니다

4월

고료가 삭감되었다는 신문사 기자의 말을 들으면 어느
봄날 벤치에 앉았던 그대 입술이 붉었다는 기억을 떠올
려야 한다 바람은 모래처럼 내 얼굴 쪽으로만 부서졌다
그리고 쓰다 만 편지는 개나리 줄기처럼 녹이 슬었으므로,
누런 먼지들이 발목을 까닭 없이 회오리치며 건너야 했던
너의 이력엔, 희망이 사신이 되어 달라붙었다는 사실조차
꿈으로 조작하고 싶어 했다
그러니 영락없는 잠이다 바다는 살금살금 내 앞에서만
멈추었다 꽃들은 내 발목 앞에서만 눈짓을 보냈다 하늘은
구름조각을 머리 한 뼘 위에서만 흩날렸다 마주잡았던
두 손 위에는 뿌연 빛줄기만 서리처럼 내려앉았다
지나가는 모든 것들이 나를 두고 몰래 웃었다

당신 문고리

개울가 신발 벗어 발 담근 물그림자를 내려다보며 생각
해요 빛은 그림자를 침범할 수 없단 사실을요
더러 손톱만한 고기들이 살랑대며 흩어질 때도 생각해요
바닥 깔린 까만 조약돌이 백 년 동안 빛들을 초대했지만
그대 그림자는 수면에 어루만지는 더운 손길만을 기다
린다는 사실을요

가만히 수평으로, 수직의 선으로 포개야지만 그대 가슴이
내는 삐거덕거리는 소리를 듣는답니다 이럴 땐 까만
돌멩이며 물풀들이 갈라지며 속으로 빠져드는 내 몸을
느낀답니다

물의 지평을 매만지면 당신 입술 들썩대는 소리를 듣다
가만히 잠에 빠지곤 합니다

신반행

어머니와 함께 궁유에서 버스를 타고 가면서 보았던
도랑의 물결은 고등어 등처럼 깊었어 그 신반행 버스에서
나는 들었네 가령, 윤수일의 '제2의 고향'이나 조용필의
'창밖의 여자'를, 아직 펼치지 않은 무지개가 잠시 조는
비구니의 뺨을 어루만지듯 나는 기어이 얼굴을 땅에다
부비고 싶었네 그리곤 어젯밤에 보았지 어머니는 우리
집의 천장을 손보고 계셨고 어느새 인화된 사진처럼 저
멀리서 발자국이 선명했네 돌아갈 시간이야, 다시 냇가를
거슬러서 코발트 하늘가 그 꿈속을 벌거벗은 채로 뛰어
다닐 때야, 하고 귓전을 맴도는 소리를 들었네 그쪽으로
가는 길에 모여드는 이미지를 나는 지금 잊지 못하지,
여기에서는

사흘론^論

어릴 때였습니다. 분주하게 차린 저녁상을 들고 오신 어머니께 아버지는 명탯국이 없으니 알아서들 먹으라며 안방으로 들어가 담배를 무셨습니다.

어머니는 "헹, 한 사흘만 굶어봐라 지가 나오나 안나오나." 그러셨지요.

그런데 사흘은커녕 세 시간도 못 돼 언제 사 들고와 끓였는지 아버지께 새 저녁상을 차려주었답니다.

세월이 흘러 위암 말기에다 기흉마저 겹쳐 중환자실에서 사경을 헤매고 계셨던 아버지가, 생전 처음으로 제 손을 잡으시며 말씀하셨습니다.

"걱정마라 얘야, 한 사흘쯤 누웠다가 집으로 가믄 되것다." 그로부터 몇 시간이 지난 뒤 숨이 멎었습니다.

그러니까 사흘은 결코 지키지 못할 빈 시간대의 허망虛望 입니다. 사흘은 반가워 서로 얼싸안고 춤을 추게 되는 간격입니다.

아버지는 그 옛날 명탯국의 맛을 못 잊듯, 조급히 고향의 자리를 찾아 허겁지겁 돌아갔는지도 모르겠습니다.

한 사흘, 한 사흘보다 먼저 도착하는 마음이 있긴 있는 모양입니다.

눈꽃

분명 성에가 끼었음이 틀림없었을 어머니 눈동자가 생각나는 밤인데요, 오래 전 늦가을 해질 무렵 내 살던 영구임대아파트 입구 화단에 퍼질러 앉아 서녘하늘을 올려다보던 어머니가 나를 보시자마자 그렁그렁거리며 저녁 먹으러 집으로 들어가자 하셨던 그 가을, 하늘이 흐렸던 날이었는데요.

성당 모서리에 눈을 붙이고선 이런저런 상념들로 헤맨 일요일 교중미사 무렵, 어느새 평화의 인사를 나누다 어느 할머니의 눈매를 보았답니다.
우리는 저마다 새하얀 눈꽃들을 간직하며 기어이 앞으로 밀고 나아가겠지만 그 눈동자, 차가운 세파에 자꾸만 주저앉고 싶어 하는, 묵묵한 입술 속에 담긴 신음을 보았겠지요.
아마, 그때 어머니도 꽃들을 등에 진 채로 하늘가 외론 길을 잠시 떠올렸나 봅니다.

저만치서 걸어오는 저녁

덕천동 영구임대아파트 109동 앞 진입로 난간에 어머니
지팡이 짚은 채 풀썩 앉아 계신다
땅거미 차츰 확장하는 10월의 오후 5시 40분 무렵이었다
집으로 돌아오다, 얇을 대로 얇아져 투명에 가까운 헌
보따리처럼 한 자리에 놓인 눈동자를 홀연 읽는다
저만치서 걸어오는 저녁의 전령을 쳐다보듯, 우두커니
멈춰버린 시선을 따라가다 가만히 나도 그 옆짝에 무너
지듯 주저앉았다

저녁이 오기 전에,
나는 자꾸만 풀어져서 납작 엎드리고만 싶어 하는 낡은
보따리를 손에 쥐고 집으로 가야 하리라
저녁이 끌고 오는 밀물에 휩쓸리지 않으려 식은 장판
바닥에 오랜 이불을 뉘어야 하리

한계령 영구임대아파트

휘영청 낮달 걸린 언덕길을 향해 모래 혹 떠다 맨 사람
들이 지나갑니다
남해 고속도로 깔린 굴다리 아래 고깔모자 색동옷 한데
버무러져 흘러갑니다

한겨울에도 쩡쩡거리던 아이들 소리는 없지만
목련 진 자리, 언 땅을 뚫고 돋아난 늙은 각시들이 먼 먼
고개를 넘어갑니다

칭칭칭
마구 짖어대도 바깥 사람 귀에 닿지도 않는 성에 낀 통유리
속 어머니도 보입니다

어느새 각설이가 되어 뒤집은 누더기 양복저고리를 입고
중절모를 쓴 채 나를 보고 활짝 웃습니다

칭칭칭
한일 세탁소를 지나 세종학원을 지나
남산정 사회복지관으로 강강수월래 맴을 돌며 지나갑니다
노새 노새 젊어서부터 노새였던 무리들 사이로 흙바람
한 무더기 빠져 나갑니다

기능대학을 지나 미쳐서 목매달았던 406호 독거노인도
데리고 어영차 칭칭칭 살아서 몹쓸 그리운 것들 내다
버리러 올라갑니다

그날
나는 태어나 처음으로 어머니와 함께 일일장터 주막에
나란히 앉아 국밥을 말아 먹었습니다

목련 진 자리, 헐거운 뱃속에서 종소리 한참이나 울었
더랬습니다

쥐며느리

부민병원 3층 중환자실 맞은편에 쥐며느리들 살고 있다.
된서리 같은 검은 호출에 더듬이를 반짝 치켜세울 때면
몸 둥글게 말아 늘 한데로만 굴러다녔던 타다 만 연탄
빛 날들 지나간다.
숨 죽여 낮은 곳으로 흘렀다가 이제 더 낮은 곳으로 갈
준비를 한다.
저 소름끼치는 하얀 형광이 새어나오는 데서 밀물이 차면
옛일도 다만 말라 서걱대는 한 장의 그림으로만 남는다.
목구멍까지 찬물이 오르자 늙은 쥐며느리가 밥풀처럼
장판에 눌러 붙는다.
죽음을 건너는 이들이 마지막으로 때 묻은 세간 챙기듯
하나씩 쥐며느리를 부르면, 남은 치들끼리 순하게 다리를
묶어 그렁그렁해진다
때론 물컹한 울음 끌어 모아 지아비 몹쓸 피붙이에게 퍼다
주면 쥐며느리들보다 더욱 말아 쥔 등골로 그들은 쓰디
쓴 타액을 흘리곤 하지만, 재재거리며 지나 온 길 위에
버리고 간 기억들로 병실은 흔들린다.

쓰나미 같은 생, 한때 흥겹게 웃으며 공원으로 김밥 싸들고 푸른 나들이 갔을 적에도 그리움은 저 멀리 있었을 것이다.

꺼졌다 켜지는 점멸등처럼 만남과 기다림으로만 살았을 것이다.

방도 병실도 아닌 한 평 반짜리 보호자 대기실에 쥐며느리들 살고 있다.

흑막이 입구를 가리자 얽히고설킨 관절을 풀어 누런 가래를 뱉는다.

꿈속에서도 그들은 높게 자라지 않아 길가에 문드러진 풀들이었다.

바람이 불거나 비가 올 때면 한껏 차오르는 종기들 때문에 서로의 몸을 긁어야만 했다.

그러다 옆구리에서 터져 나간 짝지가 마침내 저기 엎드려 있다.

저 곳까지 가는 길은 온 힘을 버려야만 닿을 수 있는 황톳길.

해 뜨고, 속엣 것을 다 비워내 보살심만 남은 절지동물들이 엉금엉금 기어 나온다.

스케치, 이미지의 넋

샹들리에가 주렁주렁 매달린 카페, 오후 5시 조금 지난
시각 저 멀리 나를 마주보며 앉은 여인이 멍하니 내 등

뒤의 통유리벽을 바라본다. 내 등 뒤엔 천천한 걸음으로
나아가는 사람들과 빌딩과 도로가 놓여 있다. 더운 바람이
지나갔는지 어느 사내는 이마에 손등을 긁으며, 잿빛
공기를 응시했던 것도 같았다.

노란 등, 살갗을 비집고 드나드는 식은 땀방울이 카페
속 찬바람에 날아갈 때, 나는 유리벽 밖의 세상과, 유리벽
안 서늘한 무덤 같은 '세월의 방공호'의 공간이 사선으로
미끄러지는 상상을 한다.

시집을 오랫동안 읽으며 성긴 문자처럼 자꾸만 휘청
거리는 허벅지와, 커피 잔을 조용히 밀치며 입술을 여는
한 여자와, 바닥에 떨어지는 한탄과 쓸쓸함.

하늘을 본 적이 오래 되었고, 바다는 하늘가에 올라가려
했으니 이 뜨거운 이미지들이 남기는 것들은 왜 내 등에
등에 엎디어 따라오는 것일까.

사랑의 스케치. 사라짐의 이미지, 사람의 얼굴과 바닥에
달라붙은 그늘, 지울 수 없는 그림.

새들반점

3부

아직 오지 않은 그대에게

물새들이 보금자리를 찾아 풀숲으로 파고들 때도, 노을이
식어 저 서글픈 윤슬에 빠질 무렵에도 너는 오지 않았네
날카로운 지평에 눈을 대면 지워지는 날들, 사라져 다신
등장하지 못했던 희극배우의 눈매처럼 서러움은 둥지를
잃곤 했지
걸으면 길이 펼쳐지고 멈추면 벽에 갇히고야 만다는
속삭임을 애무하듯 귓속에 불어넣고 떠난 그대는 마냥
소식이 없다네
지평이 스러진 자리에 밀물이 덤빌 때면 더러 수평의 한
꼭지를 더듬어, 그대 위한 물의 막 둥그렇게 그리고 싶은
저녁이 가끔 내게 묻곤 한다네

그대는 언제 오는가

다시

꽃처럼 다시 피겠다는 말은 거짓이다 저 꽃은 다시 피지 않았다 지난봄 피어 올리다 떨어진 꽃잎은 저 홀로 백척 간두에 몸을 던진 마지막 한 장의 입술이었다 그래서 다시 피겠다는 말을 하지 말아라, 저 꽃은 맨 처음 세상을 어루만지는 손짓일 뿐 다시금 내밀 징조일리 만무하다

그리하여 사랑도 다시 돌아올 수 없다 지나간 사랑이라는 말도 달콤한 자기애, 승복하지 않은 채로 붙들고 있는 기만의 다른 이름이다 그대여, 가버렸으면서도 떠올라 꽃잎처럼 하늘거리는 이가 있다면 멈춰선 발걸음 다시 내밀어라 꽃처럼 이마처럼, 지난봄 떨어진 입술의 떨림 처럼

고故

먼길 떠나는 모든 이녁들 등에는 커다란 손바닥의 길이
찍혀 있겠더군.

그래, 먼저 가 있는 그대 등짝에 가만히 손을 맞추면
떠났던 모든 생生들이 줄줄이 돌아와 군불처럼 움츠리고
있겠더군.

물곡 水哭

의령 압곡리 살 때 옆집 석곡댁은 비만 내리면 논두렁
밭두렁 궁시렁거리며 괭이자루 들고선 돌아댕기곤 했다.

어머니는 강낭콩 넣은 밥상을 마루에 얹히곤, 저 놈의 석곡댁이 어딜 돌아댕기는가, 하며 기웃거렸지. 어느 날 석곡댁 비 함빡 올 때 도랑에 괭이 들고 나가서는 영영 돌아오지 않았다.

석곡댁 집을 보며 쯧쯧거리던 어머니, 참말로 좋았는데, 연신 쯧쯧거리며 저녁밥상을 차리던 어머니 눈길을 좇다 나는 보았네. 저 너머 석곡댁 마루에 무덤처럼 쌓인 콩 동산을. 쓸쓸한 마음 쓸어버릴 물이라도 쏟아붓는 때면 어쩔 줄 몰라 폴짝거리고 싶었던 심사를 나는 보았네.

물이 차오를 때면 물의 심사에 합류하고 싶어 폴짝폴짝 거리는 사람이 가끔 지나간다네, 흘러 다신 돌아오지 않는다네. 그 물소리, 남은 이들의 눈가에 여울처럼 물결친다네.

어머니가 나랑 손잡고 논두렁 지나 신작로 건널 때면 속삭였다. 저기 저 집이 맘 착한 석곡댁이 살았던 데야, 아가. 물따라 돌아갔던 아주머니 옷자락이 압곡 지나 송산 냇가에 걸터앉았네. 석곡댁, 보고 싶은 석곡 어머니.

무덤 속에 피는 꽃

불꺼진 완행버스 대합실 입구 자판기 앞에서 누런 봄
잠바를 걸친 사내 하나 담배를 문다
어디로 가는지 어디서 왔는지 몰라도 되는 작은 이력履歷
한 줄 정거장에 쉬고 있다
밤하늘 뿌연 입김처럼 서려 내려오는 공중의 안부를
성가신 듯 신발로 툭툭 차곤, 눈앞에 껌벅껌벅거리는
반딧불이를 한참이나 주시한다
가방을 주섬주섬 챙기며 멀어지는 등 위에 성에 활짝
피었다

밤의 착상

"오늘 나는", 으로 시작하는 글과 "나는 오늘", 로 시작
하는 글의 차이는 몰운대의 일몰과 해운대 일출 만큼의
생사生死 격세隔世가 우뚝 자리 잡는 법이다지

모처럼 동광동 일대 이곳저곳에 시인들이 삼삼오오 왁
자지껄 마시다, 성토를 부리다 돌아오는 늦은 밤 코모도
호텔 담벼락에서 담배를 후우, 물어 피웠다
중복도로 언덕바지에 기운 듯 쓰러진 듯 하루를 장사
지내는 차들이 늘 그렇듯 나를 반길 무렵 옅은 빗방울에
미끄러지는, 내 몸뚱이 발바닥의 군함 - 신발인가, 오늘
나는 무수한 활자들이 공중에 휘발되어 떠다니는 광경을
보았다
어쩌면 허황한 풍경이었을지도 모를 추억들이 입체
무용을 하는 듯 온 정신을 난사한 뒤 들려오는 자장가
소리도 이젠 잦아드는 시각이다

이 밤의 무대에는 홀로 꺽꺽거리는 행성과, 신호가 끊겨
마침내 무한자유의 허공을 춤추며 비행하는 술 한 모금의
파랑(波浪)만이 나를 응시하는 법이다지

빈집

가끔 난 소스라치게 놀라면서 다음과 같은 몽상을 한다.
가령 시간의 바퀴가 술에 취해 이미 지나온 길로 되돌아
가면서 잠시 보여 주는 - 아니 영원의 접점일 수도 있는,

내 빈집의 흐느낌을 들여다 보는 일을 말이다.

2년 전 베란다엔 지금의 세탁기를 대신하여 구형 탈수기가 자리 잡고, 6년 전의 내 방엔 새벽에 퇴근하여 잠에 취한 늙은 청년이 허연 가래를 이제 막 게워내고 있다. 그리고 안방에선 노부모가 아침상을 물린 채 아침마당에 홀린다.

이 도시에선 부국으로 가는 힘찬 발걸음이 불현듯 빈국의, 그 소름끼치는 낯짝을 흘낏 보았을지도 모르는 검은 강의 표정에 대해서만 어떤 희망을 점쳤던 것이다.

그로부터 4년을 거슬러 다락의 창을 통해 슬픈 얼굴을 한 여자의 눈에 반해 일기를 쓰던 무렵, 온 식구들이 이유도 없이 드러누웠다.

마침 하나 둘 검은 강의 본류를 찾아 배고픈 여행을 떠났을 때, 입대를 앞둔 서글픈 자화상이 빈집에 남아 낡은 벽을 손톱으로 긁어댄다.

이를테면 이 집은 아무에게도, 어떤 식으로든지 솔직하지가 않다. 모두를 방류하면서 모든 것을 구겨 넣는 빈 항아리, 그러니까 오로지 차가운 혓바닥으로 내 의지의 역사를 맘껏 애무하는 이 절벽의 동굴을 나는 사랑했던 것이다.

어떤 늙은이가 생각나는 날에 쓰는 시

미남로타리 둘레에서 막일을 할 때 함께 일했던 한 늙은
이는 육십 평생을 술과 밑바닥을 샅샅이 훑었다고 하지
마는, 풍채 좋은 몸에 막걸리 한 잔 걸칠 때면 젊은 날
미친듯 내달렸던 옛사랑도 이젠 용서할 수 있단다 그래서
점심 먹으러 들어간 식당에서 저보다 새파랗게 젊은
과장님한테로 먼저 밥그릇이 가더라도 눈 지그시 감고
먼저 드시소, 구멍 숭숭 뚫린 소리로 한 가락 잡아채어
숭늉으로 입맛을 다실 줄도 아는 것이었다

나는 살아있는가

나는, 그래 살아있겠지, 그래서 내일도 술을 먹겠지, 술을 먹고 어슬렁거리며 광복동 거리를 방황하겠지, 어느 호젓한 다방엘 들어가서 보따리를 풀고서는 공부를 하는 척, 글을 쓰는 시늉을 하겠지.

살아있다는 건 뭔가, 대체 살아있다는 말 그게 대체 무슨 말인가, 나는 왜 살아있느냐며 자문하는가, 대청로 '계림'에서 집까지 오는 동안 나는 얼마나 많은, 바닥에 남긴 사연을 곱씹었는가. 87년의 거리, 아니 그 무수한 거리의 기억들, 그리고, 아 그리고, 팡파르를 울리며 지나가는 전차행렬들에 달라붙은 시민들은 왜들 또 그렇게 슬픈 얼굴들을 가렸을까.

그러나 나, 이제 살아있는가.
늘 보곤 하는 새들과 마당들과, 도로, 쩔뚝거리는 다리를 끌며 행상을 하는 사람들, 골똘히 운신 챙기려 열중하는 듯한 식자들, 저기 담벼락에 달라붙은 꺽다리 담쟁이며, 부웅 소리 내며 떠나가는 그리움들을 짐짓 모른 척 한 채로,
나는 살아있는가, 아직도 살아있는가.

그 너머로 넘어가는 것

산이 있고 길이 있고 언덕이 있고
천장이 있고, 결코 뚫지 못할 벽이 있는 그림을 가만히
떼어놓은 자리에, 푸른곰팡이 흐드러지게 찬란히 내 심장
깊숙히 심어 논 그대에게 편지를 쓴다

어찌 무릇 돌아설 수도 나아가지도 못할 곳에 나를 꽁꽁
동여맸는가 바람 일면 서늘한 눈매, 온단 말없이 허수아비
나를 찌르고 지나는가 간단 기약 없이 꽂히는 비를 잡고
스미듯 없어진 자락으로 남았는가 그 자리 지우고 싶어도
그럴 수 없다 간혹 들판을 훑으면서 입술을 내미는 자취가
사방에서 엄습하므로, 그 너머에, 그 너머로 넘어가는
것은 그대에게 바람으로 전할 내, 곰팡이 퍼져 마침내
파랗도록 투명해진 눈빛이므로.

흔들리는 자모들의 빈 방

이응,
이쪽 모서리에서 저쪽 벼랑에까지, 마비된 육신을 힘겹게
밀고 갈수록 잡아당겨 나를 감싸는 눈동자 속 영원

니은,
언니, 이 말을 들으면 돌아가고 싶어져요, 참 동글동글한
부름이네요, 언니가 부르면 바닥에 눌러앉아 꽃무늬가
되어버린 상념을 일으켜 세우거나 긁어모아요, 언니야,
이 이쁜 입술아

비와 빗물, 습작을 위한 아포칼립스

태초부터 있으라, 있으라 명령했던 말씀도 저 눈물이
스미는 쓰라림을 창조하진 않았겠다
저, 저 시큰한 눈물 가락이 모든 통곡의 시초였겠다
벽 속의 창에서 흐느적거리는
저, 스스로 태우지 못해 스스로를 무너뜨리는 말씀 또한
모든 창조의 씨앗이었겠다

락스를 파는 소아마비 장애자가 포장마차에 다짜고짜
쳐들어와서 막무가내로 팔아달라고 조른다
다음에 사지요, 다음에 사지요, 말하는 포차 주인에게
달려들듯 몸을 자꾸 흘러만 내린다
저, 저어언에도, 다, 다아, 다엄에, 산다꼬 해짜나요, 다
아어엄에 산다꼬, 다, 다엄에 산다꼬 해짜나요오..
땅에 완전히 눌러앉아 붙어 말라버린 자국이 위를 올려다
보았다

안개

무중력의 고요다

너는 소란했던 시절이 그립다 했다

서로가 서로를 지워가면서 밀어내는 일, 혹은 잽을 날리는
권투선수 눈동자의 떨림처럼
너는 지난 일을 회상하면 밝아오는 시간의 얼굴을 밀쳐
버리고 싶다 했다
차라리 서리 맞은 고독이라고만 하자
눈 속에 생의 그늘이 흥건했으니
아무개가 아무개 어깨를 툭 치고 지나갔다
거리는 환했지만 이미 초점을 잃었다는 사실을 잊었다
늘 그래왔으므로, 시각은 통각의 주파수였다고 술잔을
만지며 너는 울었다
그리고 우리는 헤엄치듯이 빠져나왔다
생각난다, 우리는 슬프지 않을 때만 슬픈 척을 했다
즐거울 때면 마냥 쓸쓸한 척을 했다
외로울 땐 휘파람을 날렸고 마음이 철퍼덕 기울 땐 춤을
추었다
완전히 가라앉아 녹아들 땐 봄꽃처럼 창백한 얼굴을
내밀었지
그러면 자, 끌려가지 않을 만큼만 미끄러지자 나는 너의
식은 입김이 더이상 증발되지 않도록 차갑게 죽어가겠다
태양이 지나가기를 기다리면서 단단해지겠다

회전 回轉

돌아서 가는 이의 등을 오래 바라본 적이 있다 멋쩍은
듯, 어딘가 간지러운 듯, 이제서야 방향을 찾은 듯 흘러
들어가는 수줍은 꼬리를 본 적이 있다
허겁지겁 허기를 달래며 식당 문을 나서는 초로의 여인이
흘리고 간 밥알 몇, 혹은 정거장을 놓쳐 민망히 서 있다
불그스레해진 뺨 사이 사이의 창백한 빛살
다시 돌아올 사실을 알면서도 더 이상 볼 일이 없을
것처럼 바람 이는 황망한 등허리에는 아뿔싸, 몇 번의
윤생輪生에도 어쩌지 못했던 낯설음이 서렸던 것이다

낯설다 세상아, 모든 등짝에는 무에 고독한 숲길이 번지
던고

inception

견고하게만 보였던 문장과 낱말들이 허물어져, 애초엔 보이지도 않던 글뼈들의 지도를 수줍게 펼치는 군무郡舞를 확인하는 일은 행복하다 낌새도 없이 찾아 날아든 먼 벗들처럼, 다시 단단해지기 전의 질료를 더듬거리며 뒷걸음질하는 너의 귀향

아니, 돌아선다기보다 서로를 비추어 더욱 명백해진 면목들 위에서 내 눈은 초점을 맞춘다 그리하면 자취가 흐릿했던 그리움의 꽁무니나, 출처도 없이 후려쳤던 칼바람의 처소도 물어물어 닿을 수 있겠다

이제 알겠다, 난해하기만 했던 네 음부 깊숙이 들어가 내 발원한 곳 들여다보기 위해 눈꺼풀 한 치의 서리를 지우는 그 엄숙한 고독을, 글자 속에 숨은 흔들리는 눈물들의 수면이 꿰맞추는 영원의 주파수를, 지평이 삐걱거리며 일어서는 장엄한 광경의 베일을.

사무실을 나서며

꿈처럼, 손잡이를 돌려 문을 닫고 걸어 나오는 복도에는
여러 달을 여위어 흐느끼는 내 얼굴이 뒹군 소리가 박제
되어 있었다
이제는 흐느끼지 않아야 한다는 정언명제가 내게 악수를
청하는 어느 휴일 오후,
많은 이들이 지나갔다 스러진 길위를 생각하다, 미처 꽃을
피우지 못한 채 납작 엎디어 오직 사랑만을 전전했던
친우親友의 상기된 볼을 생각하다, 그리고 먼지가 내려
쌓인 책 봉투들을 떠올리며 찾아 간 주점에는 내 지난
연혁이 버즘 되어 벗겨지고 있었다
그러니까 이 녹청색 문을 여닫을 땐 언제라도 뚝뚝 떨어질
주식처럼 나를 지워야 하는 법이다,
희뿌연 하늘, 그 모로 누운 세계 바깥에는 내게 아무런
낌새조차 건네지 않던 또 하나의 세계가 놓여 있다는
사실을 알아야 한다

전경前景, 오후 5시 45분의 거스름

10분 간격을 두고 코솝과 알파간*을 점안하는 시간대인
오후 5시 45분을 전후로 내 두 눈은 또 한 번의 세계를
경험한다

빼앗은 세계와 내어주는 세계, 하지만 덤으로 받은 따뜻히
달래는 세계가 있어서 저녁은 훈풍으로 덥히곤 한다

가쁜 숨을 지그시 누르며 몰래 찾아와 안아주는 사람이
있다면, 그는 한 세계를 건너 뛴 존재임에 틀림없다

그래서 모든 늦 오후의 풀들은 서쪽으로 기울고, 떠났던
모든 이들의 입술과 이름이 천천히 살아나는 것이다

---

*안약의 일종

화목

파렛트를 깔고 화목을 쌓는다
얼기설기 비뚜름하게 올리지 말고 서로 화목하게,

단단히 붙들어 매야 쓰러지지 않는다며 그는 말한다

길고 큰 놈들이 밖에서 이렇게 받쳐주니께
작은 놈들이 흩어지지 않고 가지런해지제... 알겠능가?

풀어헤친 귀신 머리카락마냥
식은 콘크리트의 그늘이 내습하는 공사장의 오후
먼지 가득 낀 일장갑으로 판자며 나무 조각이며 각목이며
부스러기를 쟁여놓으면 이들이 참으로 순하게 옹기종기
잘 붙어있단 생각이 든다

서로 다른 도구요 쓰임새로 단단히 한몫 하고서야 숨죽여
들러붙는 고요가 참 평화롭다
크레인에 매달려 화물트럭에 안착하는 화목들의 묵직한
엉덩이에 빛이 서린다

그리고 나는 바람을 맞으며 얼기설기 휭한 채 기울어진
집으로 박혀 들앉지는 않으리라 맹세했던 때가 떠올랐다
언젠가는 각자 구겨질 것이므로, 그 종말의 방문을 차례로
두들길 것이므로

집 고현철 교수

부고를 알리는 전화를 받은 때는 한 달여 가량 비 한 방울
내리지 않았던 8월 한낮의 세 시경이었다
다 지나간 일이다
나는 더위에 찌든 개처럼 안방에 널브러져 있었다
슬픔이나 회한보다도 냉수 한 모금이 떠올랐다
이 갈증은 뛰쳐나가 다시 돌아와서 송장처럼 눕고 싶었던
몸뚱이의 형식이다
죽음은 돌아가고 싶어 한다
쿵, 소리가 비로소 온전히 드러눕는 음색이다

이 세상에 없는 오후

더러 죽음을 딛고 비상하는 것들이 있다
비문처럼, 지워졌다 믿었던 그대 손이 내 흰자위를 어루
만지는 일
그렇게 사각지대에서 웅크렸던 계절이 찾아오는 때가
있다

어제는 날개 잃은 꽃들이 조문을 다녀갔다
휘청거리며 멀어지는 길 위에서 별들이 뒹굴었다
검은 밤이 지나갔다
소문은 기척도 없이 창백하게 날아갔다
비가 내리면서 숨어들었던 시간이 기지개를 켠다
아무도 모인 적이 없었던 광장에서 한 무리의 영혼들이
리듬을 올라타고 솟구쳤다
집으로 돌아가는 아이들이 원을 그리며 하늘을 올려다
보았다
영원처럼 쏟아지는 빛무리, 그 사이에서 뚜렷해지는 어제들
무한이 지금의 모서리에서 입을 벌린다
날아간 검은 밤과 꽃과 별이 웃는다

태양은 오랜 침묵을 보내고서도 어둠을 기다렸다

사랑의 미메시스

너 떠난 자리에 목련이 피었다

너는 시린 눈망울로 고백하던 겨울을 알 리가 없다 또
다시 암장당할 것이므로, 투두둑 끊어진 크레바스처럼
바닥을 뒹굴다 몇 억 광년쯤 기운 심해 속을 떠돌아다닐
것이므로,

그러니 영롱해 입술을 열 때가 곧 돌아서야 할 시각이다

비렸던 겨울, 환희가 멈추기를 기다려 나는 검은 홑씨를
뿌린다

깊은 창공을 비추었던 입들이 조용히 가라앉는다
계절이 주검을 묻는다 막이 닫힌다

글은 모든 그리움의 무덤

아기가 자라 글을 쓰게 되면 자궁의 기억이 차차 옅어지듯
글이 모여 무덤이 되면 그리움의 얼굴이 점점 뭉개진다는
사실을 이제야 알겠습니다

그는 어디론가 가버렸습니다
사라져버린 얼굴이 글자로 남았지만 스산했던 그날의
그림자는 꽁무니를 남기지 않더군요
다 떠나버리고 남은 먹구름 한 자국,
쌓이고 쌓여 그대 얼굴을 그림을 이제야 알겠습니다

새들반점

몇 번의 윤생^{輪生}에도 낯선 그의 등짝에 피어난 고독

시인이나 소설가가 되지 못한 사람이 평론가가 된다고 생각한 적이 있었다. 자기검열이 심해서 말이다. 그래서 칼날같이 명징한 언어로 타인의 글을 해체하는 길을 택한 건 아닐까 의심했다.

2011년 발간된 정훈 작가의 첫 평론집 『시의 역설과 비평의 진실』은 그런 나의 생각을 여지없이 날려 버렸다. 그의 평론은 시보다 더 아름다웠다.

작고하신, 당시 여든 셋이었던 그의 노모도 읽은 후 고개를 끄덕이게 하는 곳으로 향하는 글을 쓰고 싶다던 그의 말은 진심이었다.

대학 졸업 후, 연락이 끊겼던 그를 19년 만에 불러낸 건 나였다. 그가 첫 평론집을 낸 후 신문에 인터뷰한 기사를 보고 나서다. 알음알음 물어 그의 연락처를 받긴 했지만 선뜻 연락할 자신이 없었다.

학창시절, 같은 동아리 멤버라고 해도 우리가 나눈 대화는 고작 몇 마디 되지 않았다. 그는 숫기 없이 가끔 동아리방을 들르던 눈에 띄지 않는 일 년 후배였다. 동아리방은 지하 1층이라 불리던 반지하였다. 반지하였던 그곳에서 청년들은 '혁명'을 꿈꾸었다. 누구도 차별받지 않는 세상을, 노동자가 주인되는 세상을, 민주주의 만세를 외쳤다. 1989년 독일 베를린 장벽이 무너지는 걸 시작으로 소련을 비롯한 공산주의 국가의 몰락을 보면서 우리는 흔들리기 시작했다. 올바른 사회 진출을 위해 도서관으로 향하는 학우, 진보정당 준비에 합류한 학우, 모두에게 미래는 역시 불안했다. 그는 어느 곳에도 뿌리 내리지 못했다. 아니, 뿌리내리지 않았다는 말이 더 정확하다. 지하 동아리방과 지상의 여러 방들을 오르내리던 그를 더 이상 보지 못했다.

　그런 그를 신문에서 본 것이다. 20년가량의 시간들이 한꺼번에 지나갔다. 반가웠다. 어쨌든 그는 희망도 없이 치열했던 청춘의 지하를 공유한 내 후배였다. 시인이 될 줄 알았던 그는 문학평론가가 되어 있었다.

　'시의 말을 가만히 들여다보며 시인과, 시인의 상념과,

그리고 시인이 그리는 현실을 찬찬히 숙고할 기회를 잡은 일 자체가 어찌 보면 비평가의 환희에 찬 숙명 이전에 내가 마주한 영광의 길이 아니었을까 자문한다.' 그의 두 번째 평론집 『사랑의 미메시스』에서 그는 비평은 '일종의 미메시스적 메커니즘에 작품과 동참하는 일이 된다'고 했다.

평론가는 타인의 언어와 문장의 간극을 메우는 사람이다. 그는 타인의 언어를 들춰내는 작업을 통해 위로받고 또 위로한다. 그래서인지, 그의 비평은 날선 언어가 아니라 따스한 빛을 품고 있다. 마치, 세상의 모든 것을 다 이해 하려는 것처럼. 그렇게 스스로를 위로하는 방법을 찾았 는지 모른다. 그래서인지, '참 잘 익은 놀빛 언어, 라 꾹 꾹 찍어서 마침내 펼치게 될 생각의 파노라마를, 그 사이 사이의 고통과 절망의 법규를 나는 사랑한다'고 그는 시, 「행복」에서 고백한다.

모든 해석과 평가는 환상의 그물에 걸려드는 일이라 했던 그가 직접 환상의 그물을 짜기 시작했다. '비평'이라는 자의식을 버리고 작품의 촉감을 온 세포를 통해 받아 들이던 그의 속살에 더해진 무늬는 첫 시집 『새들반점』

에서 삶을 기억하는 공간이 건져낸 그리움과 외로움으로
기록된다.

　장소와 시간이 만나 재소환된 공간은 역사가 될 수도 있고
개인의 기억이 되기도 한다. 그가 불러낸 공간은 그가
잠시라도 머물렀던 동네, 혹은 자주 가던 식당이다. 아직
남아 있는, 이미 사라지고 없든 아무런 상관없다.

　'아무에게도, 어떤 식으로든지 솔직하지가 않다. 모두를
방류하면서 모든 것을 구겨 넣는 빈 항아리, 그러니까
오로지 차가운 혓바닥으로 내 의지의 역사를 맘껏 애무
하는 이 절벽의 동굴을 나는 사랑했던 것이다.'「빈집」
그에게 공간은 inception이자, 아포칼립스의 반복이다.
본래면목을 가지기 위해 영혼의 주파수를 맞추다 스스로
태우지 못해 무너뜨린 후 지평이 삐걱거리며 일어서는
장엄한 광경을 맞이하는 것이 창조의 씨앗임을 그는
알고 있다. 고독이, 절망이, 통곡이 곧 탄생이자, 서원을
일으키는 과정에 있다는 것을. 그 과정의 중심에 본원적
그리움인 '어머니'가 있다.

　날지 못하는 비애에 기어이 숨어들려고만 하는 나는
「새들반점」어디에도 기대지 못하고 논평만 하면서 여전히

살아계시는가, 살아있는가. 「나는 살아계시는가」그래서, 수많은 거리를 어슬렁거리고 그리움을 짐짓 모른 척한 채로 아직도 살아있다「나는 살아있는가」는 그는 "네 이놈 천하의 불한당 같으니라구"「느낌」호통 치는 소리에 정신이 번쩍 든다.

그는 마산에서 큰 농방을 하는 집의 늦둥이였다. 뭐 하나 아쉬울 것 없던 그의 어린 날은 농방의 파산과 더불어 하루아침에 몰락했다. 이곳저곳으로 흩어진 가족들, 여기저기로 떠돌던 청소년기는 부잣집 막내 도련님으로 자란 아이에게 버거운 생이었다. 하나씩 채워가는 인생을 배우는 게 아니라 한꺼번에 빼앗긴 체험을 한 소년에게 세상이란 더 가질 것도 더 버릴 것도 없는 곳이라 한 발짝 멀리 떨어져 내 일이 아니라 자위하는 수밖에 없었을 거다.

애써 들춰내고 싶지 않은, 영영 모른 척 지나가면 좋을 것들까지 꾸역꾸역 끄집어내는 건 고통스럽다. 몸에 박힌 작은 가시를 뽑지 않으면 곪듯이 마음에 꾹꾹 눌러 담은 것도 드러내지 않으면 치유되지 않는다. 보고 싶지 않은 삶의 밑바닥까지 건져내 괜찮다고, 그러니 너도 살라고, 서로가 서로를 다독여주는 작업이 문학의 본질이라는 생각을 시집 『새들반점』을 통해 하게 된다.

　다시 만난 그가 내게 건넨 첫 마디는 "선배"였다. 나는
아직도 그가 "선배"라고 부르면 마음이 애잔해진다.
일 년 후배라 해도 그와 나는 동갑이다. 이만큼 시간이
흘렀으면 슬쩍 말을 놓을 법도 한데 늘 깍듯하다. 그렇
다고 지나치게 예의 바르다는 말은 아니다. 약간 어눌한
말은 한참을 생각하게 한다. 그래도 나는 그의 말보다
글이 더 좋다. 어디에도 뿌리내리지 못한 그의 글은 그
어디에나 닿아 있다.
　나약한 인간의 진솔한 고백처럼 가슴 울리는 것은 없다.
웅얼거리듯 나지막하게 읊조리는 그의 시를 자세히
곱씹어 보면 지리멸렬한 삶도 존중받을 권리가 있다고,
여기 꿈틀거리는 생명이 있다고 옹골차게 이야기하는
것 같다.

　나는 그가 시인이 될 거라 생각했다. 아니, 그는 시인
이지 않았던 적이 없었다. 그의 그리움은 모든 글에 닿아
있다. 평론이든, 시든, 그리고 언젠가는 소설을 쓰고
있을지도 모르겠다. 흔들려도 좋으니 이제 어디에든

뿌리를 내렸으면 좋겠다. 몇 번의 윤생輪生에도 낯선 그의 등짝에 피어난 고독이, 보이지 않는 곳까지 감싸 안을 때까지 말이다.

고명란

상지건축 대외협력본부장, 인문무크지 〈아크〉 편집장

작지만 소중한 것들에 대한 따뜻한 시선

10년 넘게 문학평론가로 알아 왔던 그가 이번에 첫 시집을 낸다는 소식을 접했을 때 반가움과 기대감이 동시에 몰려 왔다. 그의 시집 발문인 만큼 여기에선 문학평론가 대신 시인이라는 말을 쓰는 게 더 맞겠다. 시인과 인연은 2011년으로 거슬러 올라간다. 당시 문학 담당기자를 하면서 정훈 시인을 알게 됐다. 어렴풋한 기억을 더듬어보면, 그해 봄 시 전문 계간지 『포엠포엠』(발행인 한창옥 시인)이 영광도서에서 열었던 행사에서 그를 처음 본 것 같다. 문학기자를 맡은 지 얼마 되지 않았던 때라 지역문학 현장을 많이 다니던 때였다.

이날 행사에서 그가 부산지역 시인들과 문학콘서트 무대에 오르는 것을 보았다. 당시 평론가로 소개된 그가 무대에 올라 노래를 한 모습은 꽤 신선한 충격이었다. 그가 이성적이고 논리적인 언어로 문학작품을 해석하고 평가하는 비평가지만, 서정적이고 낭만적인 감성을 지녔음을 첫 만남에서 직감할 수 있었다.

그의 문학세계에 대해 조금 더 깊이 대화를 나누게 된 계기는 2011년 8월 인터뷰를 통해서였다. 당시 그는 자신의 첫 문학평론집 『시의 역설과 비평의 진실』(산지니)을 냈다. 2003년 「약시와 투시 그 황홀한 눈의 운명-기형도론」으로 부산일보 신춘문예에 등단한 이후 8년 만이었다. 부산일보 근처 횟집에서 반주를 곁들여 식사를 한 뒤 인근 찻집에서 그와 인터뷰를 했다. 산지니 출판사 강수걸 대표도 배석한 자리였다.

당시 그의 평론집을 읽어보면서 평론이 시처럼 술술 읽힌다는 느낌을 받았다. 딱딱하고 건조한 문체 대신 부드럽고 시적인 문체를 구사했기 때문이다. 그는 당시 "독자와 교감하는 비평을 실천하고 있다"며 "시 같은 평론, 낭송할 수 있는 평론을 지향한다"고 했다. 그는 헝가리 좌파 비평가 루카치의 『소설의 이론』 영향 때문이라고 했다. 『소설의 이론』이 소설론의 대표적인 글이지만 아주 시적이라고 소개했다. 그의 첫 평론집을 읽어보고 인터뷰를 하면서 평론가인 그에게 시인의 DNA가 깃들여 있음을 확신하게 됐다. 그리고 언젠가 그가 시를 쓸 수도 있겠다는 생각이 들었다.

2011년 그의 첫 평론집 인터뷰를 하면서 동갑이란 사실을 알게 됐고, 그 뒤 사석에서도 편하게 만나는 사이가 됐다. 그러고 보니 10여 년째 그와 꾸준히 교유하고 있다.

그를 만나면 늘 편안하다. 차분한 성격을 지닌 그는 항상 주위 사람들을 먼저 배려한다. 때론 장난기 넘치는 표정으로 툭툭 던지는 위트와 유머는 미소를 번지게 한다. 무엇보다 그의 매력은 노래할 때다. 서정성을 가득 머금고 있는 그의 음색은 매혹적이다. 대중가요와 팝 음악에 대해 폭넓은 식견을 보여주기도 한다.

지인들과 함께 그를 자주 만나는 공간은 중앙동, 남포동, 광복동 등 중구 원도심이다. 이곳의 술집에서 소주잔을 기울이며 서로의 근황을 묻거나 지역문화에 대한 이야기를 나눴다. LP판이 빼곡하게 진열된 음악감상실의 성능 좋은 스피커가 뿜어내는 대중가요와 팝을 들으며 낭만에 흠뻑 빠지기도 했다. 그러고 보니 11년간 만남의 대부분은 원도심에서 이뤄졌다.

시인은 예상대로 첫 시집을 펴냈다. 그는 중학생 시절부터 대학생 때까지 줄곧 시를 썼다고 한다. 하지만 문학평론가가 되고 나서는 시를 거의 쓰지 않았단다. 시를 냉철하게 분석하고 해부하고 이성적인 언어로 논리를 펼치는 평론가가 시를 직접 쓴다는 것에 부담을 느꼈으리라.

이번 시집에는 60여 편의 서정시가 실렸다. 그의 말에 따르면 2019년과 2020년에 쓴 시가 대부분이다. 작품이

쌓이면서 그는 작년에 시집 발간을 생각했다고 한다. 물론 시인의 호칭을 듣기 위해 시집을 내는 것은 아니라고 강조한다. 부산에도 내로라하는 시인들이 많은데, 그가 시집을 낸다는 것이 시인들에게 부끄럽고 미안한 일이기 때문이란다.

시인은 부산 중구 영주동에서 2014년부터 살고 있다. 중구 원도심은 그에게 삶의 공간이자 사색의 공간이며 창작의 공간이기도 하다. 시집 제1부에 실린 작품들에는 그의 생활 터전인 원도심 공간들이 다채롭게 펼쳐진다.

> 아흔도 거뜬히 넘긴 듯한 노파가 반쯤 접힌 몸을 지팡이에 의지한 채 들어와서는 짜장면을 시킨다
> 새들처럼 지아비 날려 보내고 자식들마저 둥지를 떠났겠지
> 숙취에 겨워 종일 누워 있다 허기를 달래려 찾아 든 새들반점,
> 나는 중력에 못이겨 시름하며 가까스로 짬뽕을 넘기지만
> 노파, 마치 세상을 굽어보듯 팔꿈치 가지런히 올리고선 끼니를 건져 올리신다
> 노파와 나는 똑같은 의식을 벌이지만 대체 왜 내 몸은 가라앉고
> 노파는 홀가분해지는 것만 같으냐
> 새들처럼 날아가지도 못하면서 어찌 나는 기어이 숨어들려고만 하는가
>
> — 「새들반점」 전문

표제작 「새들반점」은 그의 경험에서 나온 시이다. 새들반점은 부산 중구 대청동 새들맨션 인근에 있는 음식점이다. 그는 숙취를 달래기 위해 짬뽕을 힘겹게 넘기지만, 아흔을 훌쩍 넘긴 듯한 노파는 짜장면을 가볍게 건져 올린다. 자유롭고 달관한 듯한 노파의 모습과 자신의 모습을 번갈아 보면서 그는 어떻게 행복한 삶을 살아야 하는지 고민하는 듯하다.

시집 제1부에는 「중구청메리놀병원 버스정류장」, 「계림영역」, 「필리오케 3-엔제리너스 보수점」, 「부산명태찌짐집」, 「동광동 멸치쌈밥집」 등 다양한 중구 원도심 공간이 나온다. 이 작품들을 읽다 보면 그의 일상이 파노라마가 되어 펼쳐지는 듯하다.

그는 집으로 들어가기 전에 가끔 치르는 의식(?)이 있다. 저녁 약속이 있으면 당연히 반주를 곁들이고, 약속이 없을 때도 포장마차나 식당에 들러 더러 혼술을 한다. 그 의식은 삶의 치열한 전장에서 또 하루를 견뎌낸 자신에 대한 보상일지 모르겠다. 식당이나 포장마차에서 소주잔을 기울이는 그의 모습을 가끔 상상하곤 한다. 「부산명태찌짐집」이란 작품도 그가 '경건하게 치르는 의식'의 결과물일 것이다. 세상의 이치를 꿰뚫으려 하면서도 타자에 대한 그의 세심하고 따듯한 시선이 느껴진다.

부평시장 들목에 자리 잡은 부산명태찌짐집에 쳐들어가
다짜고짜 명태포와 소주를 시키고 보니, 어딘가 조금 모자라
보였던 직원 아줌마가 보이지 않아서 사정이 생겨 그만뒀나,
생각했다
계산이 서투르고 굼떠서 사장님께 늘 주의를 받았던 사람이다
그런데 가만히 보니 구석에서 마스크를 쓴 채 까만 눈만
내놓고 굼실굼실 설거지를 한다
세상은 흐리지만 정직은 관통하는 구석이 있다
—「부산명태찌짐집」 전문

시 「꽃보다」는 꽃이란 자연에 복잡다단한 인간관계를
투영한 발상이 흥미롭다. 꽃을 핑계로 삼아 숨지 말라고
경고하는 시인의 어조가 단호하다. "꽃조차 꽃을 생각하지
않는다. 꽃은 생각 없는 과객이다"는 표현에 시선이
꽂혔다.

사람은 자신을 숨기고 싶을 때 꽃을 말한다
꽃이 핑계다
지천에 꽃이 필 때 무더기로 숨는 것들이 있다
까닭 없이 너를 미워했던 일

까닭 없이 너를 음해했던 일
그리고 까닭 없이 자신을 더럽혔던 일들이 꽃 이파리 속에
모조리 숨는다
그러므로 꽃이란 속절없이 드러날 너의 감쪽같은 알리바이,
곧이어 그것이 진 자리 자리마다 곪은 얼굴들이 뒹굴 것이다
꽃을 말하지 마라
꽃조차 꽃을 생각하지 않는다
꽃은 생각 없는 과객이다

- 「꽃보다」 전문

시집 제2부에 나오는 작품들에는 그가 2~30대 청년기를
보냈던 부산 북구 지역이 배경으로 등장한다. 그러다 보니
부모님에 대한 추억과 회한의 감정들이 작품에 흩뿌려져
있다. 그의 아버지는 2005년, 어머니는 2014년에 돌아
가셨다. 그로부터 부모님에 대한 이야기는 잘 듣지 못했다.
다만 작품을 읽으며 그의 심정을 헤아릴 뿐이다.

「어머니 발톱」은 어머니에 대한 때늦은 효도를 후회
하는 사모곡이 아닐까. 누구나 부모님이 돌아가시고
나면 생전에 좀 더 잘해드리지 못했던 일들이 하나하나
마음에 걸리는 법이다. 그 또한 같은 심정일 듯하다.

난생 처음 손톱깎이로 어머니 발톱을 깎아드리자 마음먹었을
땐, 아뿔싸 중환자실로 실려가기 며칠 전이었더랬습니다
왜 내가 어머니 피부를 그리워했을까요, 지금 생각해 봐도
도무지 알 도리 없습니다만 어렴풋이 떠오르는 그림이 있습
니다
한여름 손바닥만한 집에 끈적하게 들러붙는 벌레들이 미워
에프킬라를 잔뜩 뿌렸을 때, 어머니가 콜록콜록거리면서
내게 말했지요.
넌 그만 입 다물고 있으랑께 꽃 물고 날아가는 저 나비들이
얼마나 고우냐, 그러니 고운 날 밖에 나가 니랑 니 에비랑
고향 가서 산소도 뵙고 또랑에 물고기도 잡고 저녁 찬거리
도 뽑아 맛있게 먹자, 잉??
어머니 발톱에 느닷없이 성에가 뿌리를 뒤덮었다는 사실을
그때서야 알았습니다 어머니 맘 밑동엔 언제나 뿌리가 있었
습니다

- 「어머니 발톱」 전문

아버지에 대한 그리움과 추억은 「사흘론論」이란 작품에
잘 나타나 있다. 사흘에 얽힌 아버지와의 일화를 정겹게
풀어내고 있다. 그의 부모님이 사흘이란 시간을 호언장담
했지만 현실에서 이루지 못한 회한을 시인은 "그러니까
사흘은 결코 지키지 못할 빈 시간대의 허망虛妄입니다."
라고 말한다.

어릴 때였습니다. 분주하게 차린 저녁상을 들고 오신 어머께
아버지는 명탯국이 없으니 알아서들 먹으라며 안방으로
들어가 담배를 무셨습니다.
어머니는 "흥, 한 사흘만 굶어봐라 지가 나오나 안나오나."
그러셨지요.
그런데 사흘은커녕 세 시간도 못 돼 언제 사 들고와 끓였는지
아버지께 새 저녁상을 차려주었답니다.

세월이 흘러 위암 말기에다 기흉마저 겹쳐 중환자실에서
사경을 헤매고 계셨던 아버지가, 생전 처음으로 제 손을
잡으시며 말씀하셨습니다.
"걱정마라 얘야, 한 사흘쯤 누웠다가 집으로 가믄 되것다."
그로부터 몇 시간이 지난 뒤 숨이 멎었습니다.
그러니까 사흘은 결코 지키지 못할 빈 시간대의 허망虛妄입니다.
사흘은 반가워 서로 얼싸안고 춤을 추게 되는 간격입니다.
아버지는 그 옛날 명탯국의 맛을 못 잊듯, 조급히 고향의
자리를 찾아 허겁지겁 돌아갔는지도 모르겠습니다.
한 사흘, 한 사흘보다 먼저 도착하는 마음이 있긴 있는 모양
입니다.

― 「사흘론(論)」 전문

시집 제3부에 실린 작품들은 그가 생활 속에서 느낀
감상이나 순간적으로 스쳐 가는 생각의 편린들을 포착

한 시들이라고 한다. 이 가운데 「나는 살아 있는가」는 그의 현재 모습을 가장 생생하게 보여주는 듯하다.

> 나는, 그래 살아 있겠지, 그래서 내일도 술을 먹겠지, 술을 먹고 어슬렁거리며 광복동 거리를 방황하겠지, 어느 호젓한 다방엘 들어가서 보따리를 풀고서는 공부를 하는 척, 글을 쓰는 시늉을 하겠지.
>
> ― 「나는 살아있는가」 중에서

그는 지금까지의 모습처럼 앞으로도 술을 먹고 원도심을 어슬렁거리며 방황할지도 모른다. 또 어떤 날엔 카페에서 공부하거나 글을 쓸 것이다. 평론을 쓰기도 할 것이고 그간 쌓인 감성을 배출하기 위해 시를 쓸 수도 있을 것이다.

'시인'으로서 첫발을 내디딘 그의 변신을 축하한다. 이번 첫 시집을 읽으면서 낮지만 따뜻한 시선으로 일상, 자연, 주변 인물 등을 포착한 그의 예민한 감성을 엿볼 수 있었다. 그가 2012년 부산일보에 쓴 칼럼 '현장과 여백: 문학'의 문구가 떠올랐다. 그는 당시 이 칼럼에서 "시는 완전하면서 더욱 큰 존재보다는 미약하고 작지만 소중한 것들을 포용한다. 완결점이 아니라 하나의 과정으로,

생각의 이끌어냄이 아니라 사고의 반추로 향하게끔 나아갈 때 시적 울림은 커지기 마련이다"라고 했다.

그가 앞으로 어떤 시선으로 세상을 보고 이를 작품으로 만들어갈지 궁금하다. 그리고 "앞으로 서정시보다는 관념을 탐구하는 시를 쓰고 싶다"는 소망을 꼭 이루길 바란다.

김상훈
부산일보 독자여론부장

시인의 말

내게 2010년과 1995년이 남기는 이미지가 있다. 그리 특별하지도 않은 해였지만, 온기 머금은 손으로 내 싸늘한 목덜미 어루만지면서 괜찮다, 아무 일 없다며 함께 먼 하늘을 바라보다 쉬 흘러 보내곤하던 꿈결 같은 해였다.

시집을 내는 일도 그리 흘러갔으면, 그래서 더 이상 마음에 매여있지 않고 훗날 때때로 떠오르기도 하는 안온했지만 부끄러웠던 짓이었음을 알았으면.

가을 어느날, 어지러운 장바닥에 멍하니 홀로 걷다 우연히 마주친 친구 얼굴처럼 내 시가 좀 더 서먹서먹했으면. 그래서 쉽게 초대할 수 없는 당신이었으면.

2022년 5월
부산항을 바라보며

1 부

2 부

3 부